HET LEVEN IS ZO EENZAAM NIET

Eerder verschenen van Lévi Weemoedt:

GEDICHTEN

Geduldig lijden, 1977
Geen bloemen, 1978
Zand erover, 1980
Van harte beterschap, 1982
Liedjes van Welzijn, Volksgezondheid & Cultuur, 1987
Rijk verleden, 1999
Vanaf de dag dat ik mensen zag – Verzamelde gedichten, 2007
Met enige vertraging, 2014
Pessimisme kun je leren! De mooiste versjes uitgekozen door Özcan Akyol, 2018
Gezondheid!, 2019

PROZA

Bedroefd maar dankbaar, 1980
Een treurige afdronk, 1983
Daar komt de bruid (de schoorsteen uit), 1985
De ziekte van Lodesteijn, 1986
Liefdewerk, oud papier, 1987
Acte van verlating, 1988
De nadagen van Lodesteijn, 1990
Halte Tranendal, 1991
Ken uw klassieken!, 1992
Overal wat, 1995
Zondagskind, 1996
Ons soort mensen, 1999
De ziekte van Lodesteijn & Het nut van Lodesteijn, 2000
Een vergeetbaar man, 2005
De scherven van het geluk, De mooiste verhalen uitgekozen door Vic van de Reijt, 2019
Dalurenkaart, 2021
Het nut van Lodesteijn, 2021

Lévi Weemoedt

Het leven is zo eenzaam niet

Nijgh & Van Ditmar
Amsterdam

MIX
Papier van verantwoorde herkomst
FSC® C004472

www.nijghenvanditmar.nl

Samenstelling Lévi Weemoedt met Vic van de Reijt

Omslag Rouwhorst + Van Roon

Foto auteur Tjeerd Visser

Typografie Zeno Carpentier Alting

NUR 306 / ISBN 978 90 388 1038 6

Voor mijn meisjes
Katrin & Sascha

CURRICULUM

De jeugd was zwaar.
Ik kom uit Vlaring.
'k Heb weinig haar,
maar veel ervaring.

KLEINE CORRECTIE

Door menigeen vergeten
werd ik voor dood versleten.

Versleten ben ik wel.
Maar dood is iets te snel.

TIPS VOOR ALLEENSTAANDEN

1 *Gezelligheid*

Kom doe als Weemoedt: dans in het rond
de kamer door met kat en hond.
Vraag ook de hamster eens een keer,
spring met de goudvis op en neer.
Strooi eens wat licht in kier en scheuren
en laat de bladluis niet vertreuren.
Maak toch plezier en zing een lied:
het leven is zo eenzaam niet
als je eens denkt aan hen die varen
of bung'len aan een straatlantaren.

2 *Isolement*

Hang om uw nek een houten bord
met daarop duidelijk en kort
uw eigen naam, dus: *'Ik heet Fred,*
ik woon al acht jaar in uw flat!'
Zó zorgt u dat u vrienden wint
want onbekend maakt onbemind.
Groet steeds voorkomend, zing een lied:
het leven is zo eenzaam niet.
Denk toch eens meer aan hen die varen
of bung'len aan een straatlantaren.

3 *Aankoop comfort*

Koop ook een antwoordapparaat
waarop uw stem met *'Welkom!'* staat.
Loop dan naar buiten en draai snel
uw eigen nummer in een cel.
Vraag of 't bezoek gelegen komt
en u hoort: *'Welkom!'* uit uw mond.
Koop een bos bloemen, zing een lied:
het leven is zo eenzaam niet
als je maar denkt aan hen die varen
of bung'len aan een straatlantaren

4 *Medicijnen, gas & elektra*

Sluit 's middags heel vroeg de gordijnen,
óók als u op de tiende woont.
Zorg dat u zich eens goed verschoont
en slik bijtijds uw medicijnen.
Pers nu uw dagelijks stukje fruit
en blaas met zorg de waakvlam uit.
Kruip dan in bed, neurie een lied:
het leven is zo eenzaam niet.
Denk maar eens goed aan hen die varen
of bung'len aan een straatlantaren...*(bis)*

MIDDELEEUWS-BLIJ REFREYNTJE BIJ GALGH ENDE LUYT

door Lévi Weemoedt, laatste der minstreels
auf Originalinstrumente

Ic en wil noch lanc niet doot, bimbambom.
Mine bliscap is hiel groot, bimbambom.
Kyrieleison.

Want die vreuchde die mi wacht in 't graf
is so soet niet als mien joncfrau ghaf:

ic en wil noch lanc niet doot, bimbambom.
Kyrieleison.

Ay, hoor mien jonckfrau hoe si lacht, bimbambom.
Waer ic ligh en comt gheen dagh, bimbambom.
Kyrieleison.

In den nacht ic van mien joncfrau droom,
in den morgen trouw ic met den boom.

En mien hals siet dan so root, bimbambom.
Kyrieleison.

EN NOG EEN LIEDJE

Spiegelbeeld, vertel eens even:
heb ik echt zo'n droeve kop?
Moet ik daarmee verder leven?
Nee, ik hang mij liever op.

MET BLIJDSCHAP

Ik werd geboren en dat was al erg genoeg.
Ach, Moeder perste, maar de voet van Vader drukte.
En Zusje bad in stilte dat 't mislukte.
Het resultaat staat vóór u in de kroeg.

DIES NATALIS

Geen champagne bruiste. De kanonnen zwegen
het uur dat ik ter wereld kwam.
Uit de hemel sproeide een zerkgrijze regen
over Vlaardingen. En geen mens vernam

iets van Wijzen die dag, die, op kameel gestegen,
onderweg waren vanuit Rotterdam.

VLIEGEND TAPIJT

Ik werd als kind vaak uit de wieg genomen
en daar trok Moeder, steigerend in snoer en slang,
mij op de stofzuiger door heel het onderkomen:
ik reed door grauwheid en ellende, urenlang.

O, 'k had daareven nog zo prachtig liggen dromen
van Gouden Koets en ruiters die van een rijk bal
een prinsje voerden en thans door de bomen
blij het paleis begroetten met hun hoorngeschal.

Maar hóóg daarbovenuit schalden de vloeken
van Moeder, ging het vloervarken tekeer
over de viezigheid die daag'lijks in de hoeken
klonterde en terugkwam, terugkwam, altoos weer...!

Ik zag het schaam'le kleed, het levensmoe behang
en dacht: 't zal knokken worden. En de weg is lang.

DE WATERMAN

Geen kleuterschool zag ooit zo'n zoete jongen
als ik: ik vocht niet, brak geen ruit.
'k Zat aan mijn tafeltje als alle and'ren sprongen
en prikte dag aan dag hetzelfde eendje uit.

Maar als ik klaar was en het eendje lag, gescheiden
van 't blije waterleven, doodsbleek in mijn hand,
dan weende ik bitter om dit aangerichte lijden
en ik dacht: heeft blijheid steeds zó'n zwarte binnenkant?

Om tien voor vier renden mijn tijdgenoten
dwars door de schooldeur heen, op weg naar vrolijkheid.

Ik zat nog 's avonds laat, door werksters ingesloten,
snikkend het eendje terug te stoppen in zijn bijt.

PS
O, ik zag de juffrouw heus wel op haar voorhoofd tikken,
maar ik vroeg de dag erna toch of ik weer mocht prikken!

NATUURLIJKE HISTORIE

Als kind in zee, o, rilde ik al
bij de gedáchte aan een kwal!
Maar de grootste kwallen, zo leerde ik later,
die zwemmen bóven, niet ónder water.

MOEDERTROOST

O, als ik huilde, Moeder,
dan ruiste u toe en suste
de akeligste droom en kuste

en hief mij te drinken uit dat kopje
waar uw lief, lachend gebit in rustte.

ALLERZIELEN

Gelijk uit school sloeg ik aan ’t draven,
bleef nergens spelen maar holde naar huis
want nu was Spin weer dood! Begraven
kon ik hem het best naast Tor en Luis

met Vlieg z’n brood als liefdegave,
een vers viooltje, steen en kruis…

O, ik werd als kind al meer gedreven
tot wie er dood zijn dan wie leven.

OUDHOLLANDS TAFELGEBED

(17de eeuw)

Ic doe mijn handjes
samen.
Ic doe mijn ooghjes
dicht.

En bid dat
na het
amen

mijn gehacktbal
er nog ligt

K.K. VÓÓR CHR.

O, 't kindeke Jezus
werd geboren in een stal.

Dus makelaars had je
in Bethlehem al.

HET FAVORIETE PERSONAGE

Ik las *Willem Wijcherts* als kind met gemak
wel duizend keer! Want ik lag veel ziek.
Wie nu 't meest tot mijn verbeelding sprak?
Ik denk Alva, die leek me wel sympathiek.

ASOCIAAL ORKEST

Wij hadden thuis toch zó een fijn gezin!
Heel bijzonder ook, elk lid was muzikaal.
Een grappige oom schreef ons voor *Rodeo* in.
Ons optreden heeft nog de buis gehaald!

Mijn zusje sloeg op mij, ik op haar, terwijl Broer
schuimbekkend sloeg op een enorme trom.
En vader sloeg, van drank en gladde vloer,
in ene keer steil achterover: *BOM!*

En Moedertje, thuis aan het toestel, sloeg
een kruis. Dat zij nog jaren, jaren droeg.

GEEN GEZICHT 1953

Al bij de oogarts wou ik niet lezen:
de allergrootste E, ik zag 'm niet staan.
Ik wou al vroeg een Fosterkindje wezen.
'Wat staat hier nou?!', schreeuwde de arts ontdaan.

De tranen drupten in mijn jongensbloesje.
'k Had allebei m'n oogjes dichtgedaan.
O, ik voelde hoe de man nu snel ging slaan:
'Een hondje…?' piepte ik, *'... of een poesje?*

De klap die kwam kan ik vandaag nóg horen:
schuimbekkend vloog de arts de kamer uit,
kwam terug en schoof een lasbril op m'n oren.
Maar ditmaal zag ik *sterretjes* voor de ruit!

Doch déze observatie hield ik vóór me,
en prees het zicht. Kwam thuis op het geluid.

ZILTE TRANEN

’t Is toch verbazingwekkend wat ik in mijn kindertijd
in ’t sombere Boekelo om jou bijeengeschreid
heb. ’t Waren trieste jaren.

Doch de zoutwinning floreerde: mijn neerslachtigheid
gaf smaak aan Hollands smakelooste waren.
Tot we verhuisden. En de dag na mijn verdwijnen
kwam er geen korrel zout meer uit de mijnen.

Jij hebt dus niet zo heel lang moeten wenen
om het vriendje dat zo plotseling was verdwenen.

Maar op *mijn* tranen om dit afscheid, o, mijn schat,
zwemt nóg de jeugd in het Gemeentelijk Golfslagbad.

DE SCHRIK VAN DE BROEKPOLDER

Pakvis en Haaksma heetten de agenten:
nooit hielden twee namen zó veel doodsangst in!
Haaksma was schriel. Pakvis had kakementen
van een kroeskarper, een kwabbezak als kin.

Met een moordlust, niet gedekt door reglementen,
joegen ze achter onnozele kinderen aan
en vervormden zo tot zware delinquenten
't onschuldigst wandelclubje dat niets had gedaan.

Of toch? Wie omkeek onder 't zorg'loos zingen
en Pakvis zag met Haaksma in zijn spoor,
voelde het branden van gestolen zilverlingen
en ging er als een bankrover vandoor.

En bekende op 't bureau des avonds laat
elke door Pakvis voorgesnauwde euveldaad.

ZWARTRIJDER

Ik speelde veel treintje, vertelden de buren,
de dagen dat Moeder lag opgebaard
en had tegen de trage uren
de kamerstoelen tot een trein geschaard.

En kwam de conducteur, dan toonde ik
de begrafenispolis of ziekenfondskaart.

Ze hadden erom moeten lachen.
In stilte natuurlijk. Niet hardop uiteraard.

ALLES IS PROJECTOR

Dominee Noordmans was in 't Heilige Land geweest
en zou met lichtbeelden de hele Bijbel staven!
Voor ons, catechisantjes, werd het feest:
wekker en stinkbom bleven in de zak begraven.

Verwachtingsvol zag elk naar de gordijnen
hoe dominee de wereld buitensloot.
We zouden Goliath zien! Simson! De Filistijnen!
En Lazarus die opstond uit de dood!

Het licht ging uit. Dia na dia toonde
dominee Noordmans met een zakdoek op zijn hoofd,
puffend en snurkend onder Hebrons dorre bomen;
naast hem zijn vrouw, tot rode kool gestoofd.

En wát er nog aan wonderen in ons woonde:
o, toen het licht aanging, was dát geloof gedoofd!

DE MANESCHIJNSONATE

'k Stond met mijn blokfluit trillend onder jouw balkon
en piepte smoorverliefd de klagelijkste psalmen.
Je was wel niet gelovig, maar die galmen
waren de enige die ik foutloos spelen kon.

Dat was de vrucht van achttien jaar Johan de Heer
en van die cursus Klavarscribo, Slikkerveer.

CHR. P.A. WILHELMINA

Samen zingen, musiceren,
doedelzak en tamboerijn!
O, ik kan soms zó begeren
christenpedagoog te zijn.

IN DE WOLKEN

Je kan vliegen rond de wereld,
van oost naar west, van zuid naar noord,
maar de leukste Pabo-meisjes
staan op 't station van Amersfoort.

In hun lange spijkerrokken
zie ik ze wachten op de trein
om nog vóór het buiten donker wordt
weer in Nijkerk terug te zijn.

En ik staar naar al mijn koffers,
voel mijn hartje sneller slaan:
ik nam liever de stopper naar Zwolle
dan de Boeing naar Amaan.

O, als ik in een ver hotel zit
en weer maanden heb gereisd,
droom ik vaak van een meisje van de Pabo
of van de Bijbelschool in Zeist.

DRUIVENPRINSES

O, borsten had ze als meloenen.
Zoet als een perzik was haar mond.
Maar ’t beste fruit is voor de export.
Dus schil een peertje, blijf gezond.

HET MONSTER VAN VLAARDINGEN

Moeders, houdt uw kind'ren binnen!
Daar sjokt Weemoedt weer voorbij.
Eerst een kop met dertig kinnen,
dan een troosteloze brij,
die zich uitspreidt over 't wegdek,
dan weer indikt tot een klont.
In een walm die nooit meer wegtrekt
volgt een touwtje met een hond...

Moeders, sluit uw lieve schatten
desnoods uren in 't toilet:
poep en pies kunnen zij vatten,
maar die troep van Weemoedt? Get-
verdemme, kijk, die kinnen!
Kijk die levensmoede brij!
Moeders, houdt uw kind'ren binnen:
daar sjokt Weemoedt weer voorbij.

PASFOTO

Mijn linkeroog heeft het al opgegeven
en houdt de droeve wereld voor gezien.
In 't rechter piepert af en toe nog leven
achter verduisterd matglas van min tien.

MET AFKLAP

De dames vroegen allemaal een heer
maar ík bleef achter in mijn veel te lange schoenen.
De veters knelden en de nauwe punt deed zeer:
'Het Italiaans modelletje om te zoenen!'

Zijn vrouw en ook zijn dochtertje was ziek
dus zweefde ik met de dansschooleigenaar
met lege passen in een razende ritmiek
tussen de paartjes door, en ach, díe keken maar!

Toen wist ik ook: dit dansen mag niet duren.
Wij zijn maar gasten op een zinloos bal masqué.

En, of Hij vroeg verschijnt, of in de late uren:
daar staat de Dansmeester en zegt tot u: *Changez!'*

GEBROKEN HART-AAN-ZEE

O, 't hele naaktstrand lang liep ik te wenen
om jou, Jeanette, zó radeloos had ik je lief!
Ik tuurde tussen honderdduizend benen:
wáár was jouw badmuts met dat bloemetjesmotief?

VERLANGEN

Een zoele avond
lentegeur
En dan nog éénmaal
voor jóuw deur…!
En dan nog éénmaal
zacht
jóuw stem:

'Vort Hertha, Kazan!
Pak 'em!
P a k 'em!'

CAPITAINE MOBYLETTE

Van zwart haar moet ik zo huilen.
Van blond krijg ik ’t benauwd.
Ach, vind jij ’t erg als jij vannacht
je bromfietshelm ophoudt?

CHRISTENHOND

Drieduizend boeken en een hond
was al wat mij te wachten stond
als ik wat droef naar huis toe kwam.

'Hoe ging het, baas, met uw tentamen?'
'Het is volbracht, Fik, zo ik dacht.'
'Amen, Baas, driewerf amen!'

DROEF ONTWAKEN

’t Is zondagmorgen en er sijpelt
vroeg kerkgezang door mijn gordijn.
’t Gaat zwaar en klaag’lijk, dus ongetwijfeld
kan dit nog niet de Hemel zijn.

MORGENROOD

De week begint pas. Het is maandag kwart voor negen,
en ik roer nu al zo neerslachtig in de thee…
Maar ik zal sterk zijn: kijk, daarbuiten schijnt de regen!
En aan het venster piept de vleermuis vrolijk mee!

VOLLE BAK

'k Doe met mijn hond een treurig rollenspel:
híj is alleen, ík eenzaam en verlaten.
De telefoon ben ik, híj doet de voordeurbel.
Maar wie is nu *het vrouwtje dat komt praten?*

Ontroerend hoe we dat zo samen spelen,
avond aan avond, o, 't is akelig levensecht!
Maar niemand die hier om de kaartjes vecht.
De kat begint het gruwelijk te vervelen.

Die weet al dat nog vóór het laatst bedrijf
de spelers dronken uit hun rollen vallen:
de hoofpersoon vloekt alle vrouwtjes stijf;
de hond ligt in zijn etensbak te lallen.

Toch is die rol geschreven op ons lijf.
Een sympathiek applaus dus van u allen!

GEMENGD BERICHT

Hoe schuchter was jouw oogopslag, Diane!
Je kromp al bij een streling van mijn hand.

Hoe kwiek zijn nu jouw voortplantingsorganen:
alweer een kind, lees ik hier in de krant.

ZUSTER LENIN

Een lief gezicht, dat wel, maar uit haar mond
meurt ze naar Marx en opbouwwerk.
Acht jaar geleden zat ze vóór mij in de kerk.
Bracht zedig de gezangenboekjes rond.

Haar blonde krullen zijn aanmerkelijk vetter,
en gek: dat flink stuk blote rug en kont,
dat, als ze neerhurkt op de grond,
de aandacht vraagt, doet mij geen spetter.

Haar frisse jurkjes vroeger wel: wat was ze proper!
Borstrok en kamizool: wel werk voor twee,
maar eenmaal uitgepakt bezat ik haar privé.
En nu heeft heel de jonglingschap een loper.

Terwijl ze opstaat om wat gore wijn te schenken,
vertedert ze mij toch en moet ik denken:
ik wou mij ophangen om haar…
Ach, had zij nú de Lieve Heer nog maar!

SOOSJAAL CAFÉ 1973

'Therapeuten, welzijnswerkers:
ober, heeft u niet iets sterkers?'

NACHTWERK

Naast pil, spiraaltje, vrome knot,
kunstacademie, roestvrij slot,
bestaat er ook een *natuurlijk* middel
tegen gevolgrijk zingenot.

Dus Elsie, als wij nóg eens gaan,
trek jij dan weer die tuinbroek aan?

KUNST- & VLIEGWERK

Vrolijk holt zij naar de Vrije
Academie: dat wordt weer kleien!
Terwijl hier, in somb're rij,
al dat ongerezen deegwerk,

koek uit Wanhoops bakkerij
maar niet drogen wil en mij
klacht op jammerklacht laat horen
dat zij, ééns volmaakte klei,

liever niet waren geboren,
scheve potjes, bloemkooloren:
Moeder, waarom leven wij?

En ik zit en schrei daarbij.
'Maar,' zeg ik, 'spáár nog wat snikken:
morgen gaat zij batikken.'

AU CLAIR DE LA LUNE

Een therapeut
aan een

l
a
n
t
a
r
e
n
p
a
a
l

Dát noem ik nog eens
lichaamstaal!!

DE HULPVERLENING VRAAGT ZICH AF

Waarom ging Job niet naar het Riagg,
toen 't noodlot hem zo bitter sloeg?
Waarom liet hij zich niet begeleiden?
Er was daar expertise genoeg.

Van 't Riagg had hij kunnen leren
relaxter met stress om te gaan
en tegenslag beter te hanteren,
kortom: er sterker in te staan.

Plus al zijn vee, zijn schapen, kamelen
en al zijn kind'ren die hij verloor
had hij een plekje kunnen geven.
Dáár is nou rouwverwerking voor.

Dat Job genoeg had van het leven,
al vóór zijn geboorte niet wou bestaan,
wijst op een ernstige depressie,
waar je moet leren mee om te gaan.

Ook hoef je niet met gescheurde kleren
jezelf te krabben met een scherf,
wij zetten erg in op expressie
met klei dan wel textiel of verf.

Job mag zichzelf best wel verwijten
dat hij niet alles heeft gedaan.
In plaats van zich steeds vrij te pleiten
had hij het traject in moeten gaan.

Als je bewust maar hulp blijft weig'ren
terwijl je wel de wegen kent,
heb ik zoiets van: zoek het uit, Job!
Kom maar als je er klaar voor bent.

DUIZEND MILLIBAR

Op troost'loze dagen, als de lucht als een zerk
op de stad drukt en nergens gloort licht,
dan blijft u in bed en belt af voor het werk.
Maar ík bel het weerbericht.

O, ik heb veel gedokterd! Geen dag was gezond.
'k Heb de kracht van een vlieggewicht.
Ik hoorde een tijdlang wat Freud daarvan vond.
Geef mij maar het weerbericht.

Want wáár drong een zoeter geluid tot u door,
werd de blijheid ooit schoner vertolkt
dan hier door die meisjesstem, zacht in uw oor:
'Vliegveld Eelde: geheel onbewolkt...?'

De meesten van u rennen naar therapie,
een zinloos en duur ornament.

Ik laat me niet gek maken. Ik bel 003:
Ook niks. Maar het kost 14 cent.

EEN AVONDJE AVENUEN

Verveeld stond ik met Babs & Loes te praten.
Geen viel er op door een vertederend gebrek:
een horrelvoet, een scheve heup of nek.
Ze hadden allebei precies de juiste maten.

Ze droegen allebei precies de juiste kleren.
En aten allebei geen calorie te veel.
Maar door de uitspraak die zich moeilijk liet verteren,
klokte de eenzaamheid uit het diepste van hun keel.

Hun mannen dragen hele vlotte dassen,
zijn doctorandus, architect of ingenieur.

Geven hun secretaresse fijn een scheur
als Babs & Loes wanhopig op de kind'ren passen.

ONDER LIJN 4

De werkers kwamen fluitend van karwei,
staken de rijweg over, dromden rond de halte.
De adel van hun kracht beschaamde mij:
triest hing daartussen, zinloos, mijn gestalte.

Een eerlijk broodblik priemde in mijn kraag,
een zwaar beslagen schoen rustte op mijn tenen.
Mijn leven had nog nooit zó leeg geschenen:
ik had alleen een plaat gekocht vandaag.

O, 't liefst zou ik van hen hier voorman wezen
en legde in één gebaar de hele haven lam!
Door mij sloeg ied're scheepsmagnaat aan 't vrezen
voor revolutie in het nijvere Rotterdam

Maar ach, voor morgen staat een boek op het program.
En dan maar weer een plaat. Men kan niet eeuwig lezen.

WEEMOEDTS INTERNATIONALE

't Liefst trok ik helpend door de hele maatschappij.
Gaf 't jonge leven voor het welzijn in fabrieken.
Verlichtte hier wat leed en maakte dáár wat vrij.
Bracht zo een kwinkslag aan de ongeneeslijk zieken.

Ik sloeg mijn tenten op vóór Wilton-Feyenoord,
vermaakte het werkvolk met wat leuke imitaties
en gekke stemmetjes of schalkse declamaties.
En stond met druivensuiker 's avonds aan de poort.

Maar waar ik kom slaan hele hordes op de vlucht:
een werf stroomt leeg, een drukke helling wordt verlaten.
En op mijn vraag waarom verneem ik bij gerucht
dat mijn gedichtjes hen nog méér de put in praten.

Dan keer ik bitter weer, langs onverlichte straten
en slinger troosteloos mijn feestneus door de lucht.

DE HOOGSTE TIJD

Nu zit ik nog gezellig in 't café
en staar naar buiten: natte sneeuw valt op de straat.
Maar straks, als plots de tochtdeur openslaat
en Hein verschijnt, mij aanwijst: *'Ga je mee?'*

Wat dan? Als, slechts gevolgd door slak en rat,
een kindse bidder het lichaam naar de groeve kruit
en: *'Eén, twee, drie, in godsnaam!'* in het gat
stort, het zaakje met wat bladeren sluit.

Zal ik dan juichen in dat grote Hemelkoor
met Eng'len links en rechts die dansen, spelen
en eeuwig zingen rond die klare Troon van God?

Zal ik Zijn toorn niet wekken met mijn rauwe strot
die het gezang verscheurt uit duizend gouden kelen:
'Dat is die Weemoedt, Heer, die zong altijd zo schor!'

VERZUCHTING

O, God,
had ik maar
een plot!

HAMLET

Ik hier alleen.
   Jij in Den Haag.
Zijn of Azijn.
   Dat blijft de vraag.

WACHTTOREN

Ik slijt mijn dagen tussen bed en schrijfpapier.
Nooit klinkt een lieve, held're meisjesstem van buiten:
'Ach, kunt u zeggen: woont die droeve Weemoedt hier?
Ik zou zo graag die treurbeuk in mijn armen sluiten!'

'Ik zou zo graag z'n sombere kamer willen luchten
en alle zwarigheid uit de gordijnen slaan.
Lekkere pudding koken, boordevol met vruchten,
en na het eten vliegens naar de koffer gaan!'

Maar het blijft stil. De dagen gaan voorbij.
Soms slaat een deur: mijn oude hond komt boven,
eet, drinkt en klautert snurkend in zijn mand.

En elke zondagmorgen belt apostel Blij.
Die houdt mij voor dat ik de Lieve Heer moet loven
en douwt een allerakeligst boekje in mijn hand.

ASYL

Veel honden hebben baasjes.
Veel mannen wel een vrouw.
Ik heb alleen maar niemand.
Waar ik zoveel van hou.

CONTACTADVERTENTIE

Vanmorgen sloeg de poes ineens aan 't zingen.
'k Zat aan 't ontbijt en staarde radeloos in de thee.
O, 't was een treurig lied vol jeugdherinneringen:
van een geliefde en een wandeling aan zee.

Plots viel de hond in met een diep neerslachtig janken:
ach, van een Setter stond zijn hartje zó in brand,
maar zij was doodgereden. Van die kranke
liefde rees hij nooit meer uit zijn mand...

Vóór ik het wist, begon mijn eigen keel te zwellen
en huilde ik mee met de beschuitbus in mijn hand.
Die was van Bolletje, de thee was van Van Nelle,
maar van mijn tranen was Jeanette de fabrikant.

O, 't is geen leven meer voor deze vrijgezellen.
Als dat zo doorgaat bung'len zij aan boord of band:

welk jong knap meisje dat kan koken en verstellen
stelpt nu hun leed en schrijft een brief naar deze krant?

CIRCUS HORLEPIEP

Bezitter van het zwartste hart
en drager van de teerste longen,
word ik den volke opgedrongen
op kermissen en paardenmarkt.

De mensheid huivert bij mijn blik:
de roestlaag op mijn beide wangen,
de afgrond in mijn Dodenzangen:
wie overleeft mijn *'Laatste Snik'*?

Hoog op mijn schouder zit een aap
die zó aangrijpend droef kan wenen
dat boeren wank'len op hun benen,
slechts geroerd bij biet en raap.

Mijn beer staat moe-melancholiek,
danst zó plezierloos op zijn voeten,
dat velen 't schouwspel haastig groeten.
Wie blijft, is voor zijn leven ziek.

Die ligt te kwijnen in zijn bed,
kan jarenlang de slaap niet vatten
en moet zich ied're dag bezatten
om 't beeld dat zich heeft vastgezet.

De witte hond met centenbak
heeft in zijn blaf zó'n doodsverlangen
dat menigeen zich heeft verhangen
nog zonder dat hij één woord sprak.

Des avonds in de kleine wagen,
als hond en beer ter ruste gaan,
houd ik niet op de aap te vragen:
'Waar danken wij dit alles aan?'

'Waar is het meisje wel gebleven
dat zong en danste voor de troep?
Als ik haar zag, vergat ik even
al 't hoongelach en boegeroep.'

PIERROT-IN-BLIK

'k Ben al met al een treurig mechaniekje
dat maar één dansje kent, één trieste melodie.
'k Draai zinloos in 't rond tot het muziekje
stopt. Zak reut'lend door de knie.

Waar is het meisje dat mij opwond? Ach, de veer
verroestte. En het meisje speelt niet meer.

KIND VAN DE ZON

Haast dertig jaar: wie wil mij adopteren?
Een treurig telgje van Milieu & Maatschappij.
Twee linkse handjes en te droef om dóór te leren.
Maar in matrozenpakje lijk ik best nog blij!

LAATSTE GROET

Ziezo! Die zit er weer lekker bij
op haar wollen tapijt vol nieuwigheden.
Nieuwe jurk, nieuwe vriend, o, ik denk dat zij
toch gauw een half uur heeft geleden.

Zó medemenselijk was haar praat,
Ik zat dus maar wat rond te kijken.
Ving soms een knipoog op uit de eiken
kast: 'Ha, m'n boek! Hallo, mijn plaat!'

De scheiding werd nog aangesneden.
Ik had de juiste formulieren toch?
Ik zei: 'De hond is dood.' 'Ach, heden,'
riep zij. En schrok van het bedrog.

Kortom, ik ben naar huis gereden.
'Prettige vloerbedekking!', wenste ik nog.

DROEF EI

’t Is buiten voorjaar en mijn duif
Tristezza heeft verliefd mijn kuif
tot nest verkoren: in haar bek
vliegt zij bedrijvig plukjes sjek

naar ’t schedeldak, vlecht om mijn kruin
een keurig huisje met een tuin.
’t Bed staat al klaar! En zij, daarvóór
begint aan ’t snavelen, pikt mijn oor

en nodigt mij zoet koerend uit
dat ík nu bruigom, zíj de bruid....

Maar plots staan tranen in mijn bril:
Ach, pop! ’t Is niet dat ik niet wil

maar ’k huil omdat ik zó’n triest verhaal
hoor naverteld in torteltaal.

HET RODE KRUIS

Mijn bloed, ik sta ’t luid zingend af,
keer lichter huiswaarts op een draf.

Maar ergens in dit dwaas heelal
slaat iemand na een ongeval

kleurloos en triest de ogen op
en belt om scheermes, gif en strop.

DE RODE HAAN

De mensen slapen. ’t Is ook nacht.
Maar ik zit op. En houd de wacht.

Ben ik soms brandweerman? En moet
ik speuren naar verdachte gloed?

Ach nee. Ik brand hier zélf. Om háár
houd ik mij nat met Oude Klaar.

’t Is om die vuurgloed van háár kussen.
Dat is de brand die ik moet blussen.

EEN HELE OPLUCHTING

Ik belde eens na een wanhoopsnacht
vol angst en liefdespijn
mijn beste vriend: waar of die dacht
dat mijn Jeanette kon zijn.

Ach, ik had mij weer eens op hol gebracht
om niets. Om mijn ziek brein.
Want dáár klonk, slaperig, heel zacht,
Jeanette over de lijn.

ZWART BLOED

Ach, zuster, geef mij and're bloedlichamen!
vrolijke baasjes met een opgewekt gemoed,
meer van die danstypes uit *Viva* en reclames.
De mijne zijn zo droef en zwart als roet.

Nooit lachen ze, 't zijn dooie sodemieters,
galbakken, kankeraars, ja, niks is goed
voor het gezelschap. Zo heb ik liters
vol van dat neerslachtige gebroed.

Op bruiloften, op feestjes en partijen,
waar iedereen lustig is en opgeruimd van hart,
zit ík maar eenzaam aan mijn tafeltje te schreien,
terwijl er net een vrolijk walsje wordt gestart.

Dan wil ik óók wel met zo'n blozend bruidje vrijen,
maar ik loop snikkend polonaise op mijn smart.

Wie maakt me los? 'k Heb zulke mooie bloemen,
vrolijk en fris; ze waren eigenlijk voor Jeanette.
Alleen vanwege het rijm moet ik haar noemen.
Ze zei ze wou vanavond vroeg naar bed.

Ze zei ze wou vanavond vroeg gaan slapen
met de *Panorama*, de *Privé* en de *Sekstant*.

En met de jongen die ik even hoorde schrapen
onder het drukkende gewicht van 't ledikant.

HALFWEG

’k Ben dertig jaar en dagelijks in de kroten.
’k Zwerf van café De Waal naar d’Oude Marckt.

Nóg dertig jaar, dan word ik aangeharkt.
En hopelijk van tijd tot tijd begoten…

ACHTERBLIJVERS

Ik fiets maar door het Westland.
Ik maal de trappers rond.
Ik ben altijd zo treurig.
Maar fietsen is gezond.

Van koeien en van eendjes
zie ik nog niet de helft.
Maar ik zie elk dood vogeltje
van Vlaardingen tot Delft.

Achter in zijn mandje
jankt zacht mijn kleine hond.
Die loopt in plaats van fietsen
veel liever op de grond.

Die loopt liever te rennen
achter een leuke meid.
Daar ben ik best jaloers op.
Ik ben de mijne kwijt.

Dat gaat zo in het leven.
Dat is gerust normaal.
En fietsen, zegt de dokter,
is goed voor elke kwaal.

Dus fiets ik maar door ’t Westland
Ik maal de trapper rond.
Ik ben altijd zo treurig.
Maar fietsen is gezond.

WERKLOOS

Hoe lang sta ik vandaag alweer
voor ’t raam, van droefheid ziek?
O, was ik maar een passpiegel
in een leuke meisjesboetiek!

HUIZE NOOITGEDAGT

Waar licht en lucht is, beekgeklater,
daar bouwen wij op goudgeel zand
ons lieve sprookjeshuisje later
en leven van de picknickmand.

Jíj schuurt de dakpannen, ík praat er
met een paar eekhoorns. Ons stil pand
wordt door geen menselijk gesnater
of stadsgeschrei meer aangerand.

En slechts – want geen closet met water –
wanneer jij neerhurkt in het land

en hebt gedaan, vraag ik: 'Wat staat er
vanmorgen in *de Volkskrant*?'

BESTSELLER

't Gedicht was af. Ik klapte zelf maar in m'n handen,
zo mooi of dat het klonk. 't Applaus zwol aan.
Er steeg gejuich op uit mijn beide prullenmanden
en ik hoorde: *'Bis! Geweldig! Ja, héél knap gedaan!'*

O, 'k ben wel droef, maar 'k heb één balsem op m'n wonde:
'k word door de vuilnisman van a tot z verslonden!

EEN RING VAN ZELFVERTROUWEN

Ik zaai noch maai,
heb kind noch kraai,
alleen een droeve hond.

Voor wie ik ’s avonds platen draai,
die ik eind’loos over ’t kopje aai:
wat stinkt-ie uit zijn mond!

SUCCES

O, de zaal verdronk in tranenregen:
iedereen snikte, oud en jong!
Alleen keihard lachend op rij negen
zat het meisje waar ik zo voor zong.

GISELLE GEWIPT

aan de Minister van Cultuur

Besnoei niet op de meisjes van 't ballet:
wáár halen zij het vlees om af te slanken?
Zij leven al in 't knellendste korset:
ballet is zelfkastijding op de planken.

Waar soortgenootjes al jammeren en klagen
wanneer zij aan de afwas zijn gezet,
moeten zíj kramp en bloedblaren verdragen
en blijven lachen bij een pirouette.

Ze liggen al om kwart voor acht op bed,
als hun vriendinnen vrolijk achter jongens jagen.
Zó leven zij in kuisheid, al hun dagen.

Ik denk wel eens: een nón is nog een slet
bij de onthouding van de meisjes van 't ballet!

HONDSDOL

Vanaf de dag
dat ik mensen zag
lag ik liever in de grond.

Maar zeg me, ach,
wie troost dan 's nachts
mijn bange witte hond?

KRIJTWIT

Als Meester Weemoedt eens een uurtje voor komt lezen
zit heel de klas met doodsverstijving in de bank.
En bij *'Het Jongetje Dat Nimmer Zou Genezen'*
barst een orkaan los van gejammer en gejank.

Zie hoe de kinderen kwijnend sloffen door de gangen
en hunk'rend loeren naar een koele kapstokhaak,
terwijl een enkeling al verdachte loopjes maakt
om zich aan capuchon of mutsje op te hangen.

Is het zijn grafstem? Komt het door zijn dode ogen
die op twee steeltjes tikken tegen 't brillenglas?
Of is 't de grap dat hij zijn bochel kan verhogen
tot boven het bord, onder zijn zwarte pandjesjas?

Hoe komt het dat veel ouders hem niet mogen
terwijl hij, kind nog, toch zo'n knuffeldiertje was?

FRÈRE SOURIRE

Ik ben van school en, godlof, alle grijze
van krijt bestofte dagen zijn voorbij.
Mijn roeping is ’t te wenen, niet te onderwijzen.
Dus ween ik. Over u. En over mij.

Gedenk dit werk met literaire prijzen.
En drink mijn verdriet. Het bier uit Weemoedts abdij.

TIKGEIT

Ik werkte een tijdjelang op een kantoor
waar mannen, twee aan twee geschaard
aan één bureau, de godgans'lijke dag door
moppen uitbraakten met een baard.

'k Had geen verantwoordelijk werk en ik stond
uren aan het raam, bestudeerde de klok
en wachtte tot de koffie rond-
kwam. Kneep de juffrouw, nam een slok,

at uit mijn neus, lulde uit mijn nek…
Ja, het was op kantoor daar lang niet gek!

TELEAC

Ik zag
  een cursus
    'stop met roken'

Ik heb
  er veel
    van opgestoken

Allemachtig, al 1 8 1 5 !
O, dan begint zó
de Slag bij Waterloo!

OUD GEBRUIK

De KGB
  doet graag
    iets in uw thee.

CODICIL

Bij
deze
stel ik
al tijdens
mijn leven
mijn lichaam
ter beschikking
van de wetenschap

NACHTLEVEN

Uit de glasbak zweefde laat feestgedruis:
schorre zang, 'n polonaise van flessen.
Scherven kreunden, een dop zong daar hees bovenuit
over dorst die de Dood pas kon lessen.

En ik luisterde, terwijl ik mijn schaduw uitliet,
en mompelde onder 't huiswaarts lopen:

'Je woont hier zo ongezellig nog niet:
de glásbakken zijn nog open!'

CV

Wéér was haar slotsom deze nacht:
míj vindt ze leuk, maar ook die ander.
Ik pookte wat in ’t vuur en dacht:
O, vrouwenhart! O, allesbrander!

VLUCHT LANGS DE DROOGLIJN

Vanuit de keuken klinkt allang
niet meer dat oud vertrouwd gezang
dat zo gezellig in de maat
van een gestaag slinkende vaat

ópkringelen kon tot aan je deur.
En door een kier komt koffiegeur!
Altijd een koekje, wát een tijd!
Hoog roemde je haar huiselijkheid

doch wist niet dat zij heimelijk zon
of ze niet elders beter kon.

Twee nieuwe klompen bood je haar,
een nieuw schort, een nieuwe bezem, maar:

de deur sloeg dicht en om je nek
hing het verwrongen afdruiprek.

EENPITSELEGIE

Ik dek de tafel nog voor twee,
geef jou van alles 't meest.
Maar die gezonde trek, waarmee
je eens at, is geweest.

Wat ik ook liefdevol uitserveer:
't blijft onberoerd zo staan.
Ach, ik vraag het kookboek keer op keer
wat ik heb fout gedaan.

Dit koud stilleven, elk diner,
het maakt de kok soms moe.
Maar morgen dekt hij weer voor twee
want eens, ééns hap jij toe!

KOOR:

'Zo bracht men ook in antieke kring
de doden daags hun maal.
Maar 't bord bleef altijd vol. Soms ging
er een hond mee aan de haal.'

KAARTJE UIT RHODOS

'Veel eten, drinken, zon en seks!

De hart'lijke groeten

van je ex!'

GAST AAN TAFEL

Strooi geen zout als ik kom eten:
'k huil er zelf voldoende bij.
Want ik kan maar niet vergeten
hoe *zíj* kookte. Ach, laat mij
u eens trachten te beschrijven
wat mij toch zo snikken doet.

Daar is eerst dan de andijvie.
Allemachtig, *díe* was goed!
'k Kon daar wel van blíjven smullen.
Zeker met gehakt erbij.
En dan yoghurt. 'Dat is,' zei zij,
'om de gaatjes op te vullen.'

Maar vergeet ook niet de boontjes!
Vlak ook niet de bloemkool uit!
Op de schaal en op mijn koontjes
prijkte elke dag vers fruit.

Doch het ergst mis ik de spruiten.
Dáár komt nooit iets anders voor...

Mág ik dan mijn neus eens snuiten
als ik soms haar naam weer hoor?

ALIMENTATIE

De lucht is blauw
ik hou van jou
ik blijf je trouw
dus teken ik gauw
een girocheque voor jou.

CONCURRENT

Ik geloofde, toen we trouwden,
écht in vóór- en tegenspoed.
Maar 't viel niet mee van jou te houden:
dat deed je zelf al zo vreselijk goed!

DE TREK

(Liedje Weemoedt & Pons)

’s Avonds gezeten op een hek
zag ik het naad’ren van een trek:

een grote briefstuk kwam voorbij,
gebakken aardapp’len en prei

gevolgd door flensjes, Franse kaas,
een dikke pens, een volle blaas.

Daarachteraan op zijn gemak
slofte de koffie met cognac,

en in der wolken tekening:
ziedaar daar kwam de rekening!

FEEST

Braderie, bradera!
Lekker smullen
voor Afrika!

BRÜDER

O, ik heb van het communisme geleerd
dat er één wet op aarde geldt:
alles waar 'te' vóór staat is verkeerd.
Behalve 'terechtgesteld'.

BREDERO

’s Nachts rusten meest de dieren.
Ook mensen goed en kwaad.
Behalve in de Botlek
als een tank de lucht in slaat.

VAN DE MOLEN

Ik eet gezond,
altijd goed brood.

Ik sterf nog
een 4-granendood

'k Ben stukken minder treurig,
spaar dagelijks liters tranen
sinds ik in Gort geloof,
in Gierst en Hoog're Granen!

Niet één geloof voldeed de maag:
'k bleef leeg bij die verhalen.
Maar 't woord is Gort geworden,
Lijnzaad en Loverendale.

O, 't darmkanaal kwam veel tekort
bij hostie, monstrans, mis.
En mijn bewustzijn lag verdord
als de Aarde vóór Genesis.

Maar nú heb ik alles op mijn bord
wat in de Hemelen is

sinds ik geloof in Gort
die in de zemelen is.

VRIJDAGMATINEE

'k Laat, Hooggeëerd Publiek, thans deze schol
dwars door de hoepel van mijn keelgat springen,
gevolgd door lekkerbek. De voorstelling stroomt vol.
Men hoort een muzikale wijting zingen,

als plots'ling door de piste van mijn pan
vrolijk gepluimde mosseltjes gaan draven
op Aambeeldpolka en handgeklap: men kan
zijn jeugd hervinden, alle zorg begraven.

Paling bezweer ik, stokvis dompteer ik!
Wat is de visdressuur toch heerlijk!

Vuurvretende oesters, panfluitende kreeft!
Het circus is niet dood. Het circus lééft!

VOORAFJE

En hoe
smaakte
de amuse?

We were
not amused!

UITVAART

Vandaag kwam de verzekeringsman.
Die trok een polisblad en sprak:
'Nou, hóe wilt u begraven worden?'
Ik zei: 'Gewoon, in joggingpak.'

SECOND SERVICE

Hups gooide zij op, maar van de spit
zag zij haar bal verloren gaan.
Doch nam revanche: trok haar gebit
en sloeg een ace. Keurig gedaan!

DE BETERE EITJES

’t Is voorjaar, ’t is voorjaar!
’t Is in de maand van mei!
’k Zie overal weer vogels broeden
op een golfballetje in de wei.

KLASSIEK SCHEURIJZER

Geen Kawasaki of Suzuki,
Aprilia, Honda, Moto Guzzi.
Zelfs geen Yamaha, BMW,
Triumph, Ducati, Harley, nee:

geef mij die meer dan vijftig jaar
vertrouwde Kamikaze maar!

KOGELSTOOT

Jeanette speelt jeu de boules.
Zij werpt het slechtst van allen.
Maar het hele dorp stroomt toe.
En looft en prijst haar ballen.

DUITS OP WINTERSPORT

Hals- und Beinbruch, Alpenkreuzer!
Servus! Bergheil! Wiedersehn!
Tschüss! Grüss Gott! Auf Wienerschnitzel!

Danke schön. Auf Winterpehn!

DIJENKLETSER DOET ALPENGLETSCHER

Hurrah, hurrah, der Wehmut ist da!

Ik wilde al zo heel lang naar Tirol:
een lustig volk woont daar: rokken of broeken
kennen ze niet. De vrouw is blond, frivool,
de man ramt maar. Droefheid is ver te zoeken.

'k Zat bronstig door het busraam uit te kijken
zoals ik ook in menig nacht'lijk uur
die films verslonden had. Bergtoppen prijkten:
maar wáár bleef al dat bloot in de natuur?

Dáár blonk de Alpenwei! Dáár was het bal!
'k Liet jodelend mijn Lederhose glijden,
smeet onderbroek en bril tot diep in 't dal
want: ginds lagen de eerste blote meiden!

O, 't werd voor allen daar een onvergeet'lijke nacht!
Eén meid riep: '*Boeh!*' Had die soms méér verwacht?

DAS IST DER GIPFEL!

ber-

van gen

erg ook

houwen bij

Oostenrijkers vrouwen

WEEMOEDT IN DE STILLE ZUIDZEE

1 *Een tropische verrassing*

Hier zit ik dan voor mijn hut van riet
en kauw een Bounty of ik giet
Martini Bianco's door mijn strot,
paf Peter Stuyvesants, tot God

mij roept met een ontspannen dood:
verpletterd door een kokosnoot.

2 *Zwarte parels*

Is het zo vreemd dat ik Tahiti roem
als 't schoonste eiland van mijn dromen?
En de Tahitiaanse Vahine noem
als de schoonste vrouw, ooit waargenomen?

O, Vahine! In ieder oor een bloem,
broodvrucht- en palmbomen!
Twee kokosnoten: o, ze doen
de missiebroeders in opstand komen!

Die sturen Vader, Zoon en Heilige Geest
retour naar Frankrijk en slaan aan 't muiten
en zeilen terug naar het heidense feest
als eens de Bounty en kornuiten.

En hebben sinds tijden niet zó genoten
van Vrijheid, Gelijkheid en Kokosnoten.

VLAARDINGS ROEM

Geen haringbuis, geen kotter en geen botter,
geen logger en geen stoomfiets, ach, geen fluit
zag ik vanavond op de stroom.

’k Zat aan de Doodsrivier. Slechts een condoom
dreef goedgemutst het zeegat uit.

WITTE WERELD

Kleine Jan stond met zijn slee al klaar,
zag de eerste vlokjes wieken.
Blij klonk zijn kreet dat het sneeuwen ging.
Maar het waren de fabrieken.

VERHUISBERICHT

Blonde lokken of donkere lokken:
o, in Vlaardingen was 't altijd wat.
Maar het zit erop nu: ik woon afgetrokken
op een kamer in Sanders Meubelstad.

Daar belden m'n ouders me gisteren blij:
'Voor het eerst zit je er eens behoorlijk bij!'

EEUWIGE VLAM

Assen bleek
geen Montparnasse

O, wat mis
ik Montpernis.

SPREUK

Bij ons thuis hangt een tegeltje
met een tekstje, fraai geglazuurd:

De wereld is geschapen,
maar Drente geborduurd

REÏNCARNATIE

Ach, wie weet wat er met mij nog zal geschieden
als ik in Drente sterf en rust vind in het veen.
Kom ik dan terug als *Het Jongetje van Yde*?
Eén van de dieptepunten van het Drents Museum?

WEEMOEDT OP PC

Dit
is
een
gedicht
op
een
tekstverwerker

Hope-
lijk
wordt
’t
na
het
printen
sterker!

DRUKFOUT

Toen God het
niet meer wist

schiep Hij
de journalíst.

KOP OP, LEEF!

Er komt een tijd dat je weer schrijft,
het plezier terugvindt in de zinnen.
Geloof me maar, er komt een tijd
dat het weer tint'len gaat vanbinnen

en dat opnieuw de treurigheid
om vrouwen die je eerst beminnen,
dan weer verlaten tot je spijt
je opbreekt. Je hoeft niks te verzinnen,

geen ingewikkelde plot te spinnen.
Je vertelt gewoon de werkelijkheid.

Je schrijft ook niet voor de eeuwigheid,
geen dichtwerk met dertig onderkinnen.

Jouw keurmerk is de luchtigheid...
Kom, ga maar weer gewoon beginnen.

BOEKENSTAND

‘Zijn dat inkijkexemplaren?’,
vroeg ik aan de leuke meid
die, zich over de tafel buigend,
twee lief’lijke borstjes tentoon had gespreid.

IN MEI

In mei
bak ik
iedere
mor-
gen
’n
ei

NATUURLIJK EVENWICHT

Ik hoorde in 't park een vogel fluiten
en ontwaarde het nestje: geheel ontdaan
kroop een klein koolmeesje naar buiten
en bood mij zijn excuses aan.

KRITIEK UIT HET KROOS

‘Gadverdamme, wéér
      oud brood!’

riepen de eendjes
      uit de sloot.

Wéér heeft het voorjaar het gewonnen.
Wéér ruikt de aarde naar een nieuw begin.
In alle bomen zijn nesten begonnen
En ik, ik zit er óók flink in.

Alwéér een dag aan het raam gestaan:
een bloempje open en dicht zien gaan.
Een bloempje open, een bloempje weer dicht:
een dag zó vol indrukken vergeet men niet licht.

DE ZACHTE STAL

Een boer heeft
naar zijn koe
best wel
gevoelens
toe.

Maar hoe
moet die koe
dat gevoel
naar zichzelf toe
hanteren?

VOORJAARS ONTWAKEN

De lente is weer in 't land, mijn lief,
en ik sta voor jouw bed,
twee schoenen in de hand, mijn lief:
o, ruik toch mijn boeket

vol fris ontloken hondenstront
in crêpezool afgezet!

LENTEZUCHT

’t Was in een weide, ’t was april
en van jouw mond besloeg mijn bril
zó dat ik jou voorgoed verloor
en ’t hart weer kraakte dat het vroor.

OP SEMINAR IN NOORDWIJKERHOUT

Waar prachtige tulpen hun kopjes opstaken.
Waar achter de duinen een bloemenzee stond.
Waar kleurvlakken lagen die geen Mondriaan maakte.
Daar komt nu alleen maar gelul uit de grond.

RECENSIE

Mijn droevigste
gedicht

dat blijft toch
mijn gezicht.

BERUSTING

'k Zag een jongen vanavond met een blond meisje
wand'len onder de maan en een hond om hen heen.
Ik pakte een boek en stak een pijp op.
En zakte aan het raam ineen.

ONREGELMATIG WERKWOORD

To love-

lost-

lost

BRAVE SOLDAAT VAN D.

Ik draag de hemden af van H. van Duijvenbroek:
KL-soldaat, zo laat het merkje weten.
Hij kwam in '60 op en hij verliet de troep
in '62, zo goed als niet versleten.

Van Duijvenbroek is in die twee jaar tijd
één maat gegroeid. Misschien beviel het koken
van de kazernekok. Zijn hemd bleef uit de strijd.
Er zit één gaatje in, maar dat is van het roken.

Op avonden dat ik te gast moet wezen
op lezingen of in de Boekenweek
vraagt iemand soms: *'Weemoedt! Wat moet ik lézen?'*
Dan zeg ik: 'Sorry, 'k ben een slechte bibliotheek.

Maar hóórt u het ooit prijzen: vermijd beslist het boek
Oorlogsmemoires. Door H. van Duijvenbroek.'

KASSABON

'U bent geholpen
door Geertrui'.

– O, dat verklaart
mijn depressieve bui.

KRAAMBEZOEK

Het kind was geboren.
Zij hieven het glas
en zongen: 'In vitro veritas!'

ANDERHALVE METER

O, die sexy schorre stem van Elsie!
Je verstond haar wel niet zo gauw,
maar dat verbeterde als je op haar lag.
Of zij op jou.

HERALDIEK

Ik zocht naar voorouders, in heerlijkheid ontslapen,
maar kwam ontgoocheld en verslagen uit Den Haag.
Er staat een stofzuiger in ons familiewapen.
Dus als het adel was, was het betrekkelijk laag.

VIJFTIG

Je werd gehuldigd, onverwachts: *'Dit Is Uw Leven!'*
Je was met vage smoezen uit je huis gelokt,
een donker zaaltje in geduwd. Je huilde even.
Het licht ging aan. Je stond door mensen opgeslokt.

Je maag trok samen, je mond begon te beven.
Een spookstoet van bekenden trok voorbij.
Je ex-vrouw liep voorop, vriend aan haar zij.
Je had haar graag alsnog een rotschop meegegeven,

maar je kuste, pompte aan handen, je kon allerwegen
je geluk niet op, door woeste liefde overmand.

Je zoop, je kneep in borsten. Wat was er tegen
dat je met iedere vrouw wou paren in het pand?

Je was, zonder daar zelfmoord voor te plegen,
op je verjaardag in de ergste hel beland.

TUINFEEST

O, we lachen ons nú wel
luidruchtig een deuk

maar au fondue
is het leven
niet leuk.

ROOMSE JOOL

Kaarsen, zegt men, zijn zo sfeervol!
Een kaars spreidt zo'n gezelligheid!
Maar een vriend van mij liet er een branden:
plotsklaps is hij alles kwijt:

al zijn boeken, al zijn meubels,
al zijn leden van 't gezin,
het vloog die nacht bij vriend'lijk kaarslicht
onbediend de Hemel in.

O, 't leven heeft veel licht verloren
voor mijn vriend sedert die klap.
Dat hij piekert, kan 'k nog volgen,
maar, ach vriend, wat ik niet snap:

dat jij niet voor hen die Boven
worstelen in het Vagevuur
van tijd tot tijd een kaarsje opsteekt!
't Helpt wel degelijk op den duur.

WAARZEGSTER

'U wordt heel rijk. U kunt alles kopen.
Ik zie een vrouw die van u houdt.
Uw boeken gaan ineens goed lopen.
U wordt als een groot schrijver beschouwd.'

Ja, ja, denk ik. En nu maar hopen
dat 't leven zich aan die lulkoek houdt.

DES DICHTERS OUDE DAG

Je nieuwe versjes verkopen niet.
En verramsjt zijn al je ouwere.
't Wordt op de blaren rusten, Weemoedt.
Niet op je lauweren.

PRAKTISCHE RAAD VAN MIJN DOKTER

Aan de kerkhofkant van de vijftig
    doet u er verstandig aan
nog vóór u opstaat de dood te gedenken.
    En dan pas aan uw werk te gaan.

KLEINE ZELFSTANDIGE

Eens was ik directeur van *'Draagt Elkanders Lasten'*,
uitvaartvereniging van Donkerbroek
en omstreken: wie lid is krijg zes vaste
liefdedragers, koffie toe met koek.

Wat was ik ijv'rig voor mijn klein transportbedrijf!
Met folders huis aan huis reclame maken:
'Bij ons geen polonaise aan uw lijf!
Wíj dragen heel discreet uw laatste zaken!'

't Liep storm. Er kwam een wachtlijst. Daarna loten.
'k Had plotseling héél Friesland op m'n nek!
De koffie werd per brandslang rondgespoten

totdat het einde kwam: de dragers werden gek
en wierpen liefdeloos al ver buiten het hek
hun last de groeve in. Het koekblik bleef gesloten.

PARTNER

Een kuil, een kist, een condolatie:
ach, het blijft de beste LAT-relatie.

NOG EVEN GEDULD

Pas als ik dood ben,
ach, misschien dán

heb ik genoeg stof
voor een roman.

GEZICHT IN DE PASSPIEGEL

Mijn jeugd is nu wel afgeroomd,
colbert en broek kapot gestoomd:
die broek en ik, wij deden samen
in '67 eindexamen.

En op dat jasje nog een haar
van... ach, zo treurig! Laat dat maar.

WEEMOEDTS HERFSTCANTATE

Ik was niet altijd zó alleen,
integendeel: rondom mij heen
danste een bonte meisjesschaar
en ik kuste maar, ik kuste maar.

Maar van zo menig lief gezicht
bleef steeds alleen een triest gedicht
en ik dacht wel eens: ik vind geen rust
vóór ik de Dood-Zelf heb gekust.

Ik woon alleen nu. Heb een hond.
Verlang ik naar een meisjesmond,

dan trek ik, als het broeit en stooft,
een oud condoom over mijn hoofd.

En luister naar een Requiemmis
en denk dan stil: *the best there is.*

PRAKTISCHE CHIRURGIE

Een plastic hart,
  dat niet kan breken:

ik ga dat met
  mijn arts bespreken.

CARDIOLOGISCH

Mág ik misschien
iets later komen,
vier omleidingen
in aanmerking genomen?

VIJFENZESTIG

Ze zeggen steeds: nu moet je iets gaan doen:
een cursus, een studie,
het geeft niet wat.

Anders val je straks bij je pensioen
halsoverkop
in een zwart gat.

Maar ik ga echt geen Noors meer leren.
Ik heb wel genoeg
ellende gehad.

OP NAAR DE HONDERD

Als je al
ongelukkig bent

en dan ook nog
langer leeft,

ben je nog langer
ongelukkig.

Zeg maar wat voor
zin dat heeft.

DAGSCHOTEL

‘Ruim het maar af, ober, ik ben klaar.’
            – ‘Heeft het gesmaakt?’
‘Heel even maar.’

IK MENS TE VEEL

Ik moet nu maar eens ophouden met *mensen.*
Ik *mens* te veel. Soms vijftig op een dag!
Mijn arme, poov're weerstand kent z'n grenzen.
De dokter zegt dat twee, drie hoogstens, mag.

Maar wáár ik kom, bij haltes, op stationnen,
adem ik *mensen*lucht, het gif dringt in mijn bloed,
verziekt mijn maag. Dus ben ik met de moed
der wanhoop snel een actiegroep begonnen.

Doe mee met mij, het zal u niet berouwen!
Mijn voorstel is eenvoudig en gezond.
't Is eigenlijk gek dat niemand eerder 't vond:

Niet *mensen* meer! In openbare gebouwen,
in taxi, trein, niet *mannen* meer, niet *vrouwen.*
Wie *mensen* wil, die doet 't maar in de grond!

EVEN ONTSPANNEN VÓÓR HET SLAPENGAAN

Ademhalingsoefeningen rond middernacht

met dr. Lévi Weemoedt

1

Dames en heren, staat u allen klaar?
Ga zitten met de handen in het haar:
van vóór naar achter, doen we nog een keer.
Zit dan mistroostig bij de pakken neer.

2

Grijp tienmaal in vertwijfeling naar het hoofd,
zwoeg met de borstkas, dat uw adem wordt geroofd.
En: mocht u nog van plan zijn te gaan skiën:
zak dan droefgeestig zesmaal door de knieën.

3

Snik smartelijk nu, het linkerbeen gestrekt,
de rechter blijft wanhopig in de nek.
Nu óp, en hurk neerslachtig op de grond:
blaas dertig droeve winden uit uw kont.

4

De laatste oefening doen we op een stoel.
het bung'lend koord beschouwt u nu als doel:
veer óp, maar houd uw evenwicht aldus!
Steek hals en hoofd in één keer door de lus.

5

Maak hól de rug en houd het touw gestrekt.
't Is tijd dat u naar Dromenland vertrekt.
Zwaai uit en spring ontspannen op de grond.
Blaas nu de laatste adem uit uw mond.

Draai om en doe ditzelfde nog een keer.
Dit was het dan, tot volgend maal maar weer.

EN DAN TEN SLOTTE...

En dan ten slotte het weeroverzicht:
vannacht eerst nog donker,
morgen kans op meer licht.

ZAND EROVER

De buikspreker, hij daalde af.
Zijn treurig nummer zonk in ’t graf.

De pop wierp aarde op zijn kist:
wat moest hij zeggen? Ach, hij wist

van louter droefheid en verdriet
zó sprakeloos… hij wist het niet.

Wat had hij graag nog: *‘Dááág!’* gezegd
voordat zijn vriend werd dichtgelegd.

Maar hóe hij perst: niet ’t kleinst geluid
klinkt op als men de groeve sluit.

U, die dit leest, brult ú voor hem
uit volle borst het Requiem!

NASCHRIFT

Mocht ik ooit iets geschreven hebben
wat u heel even bekoorde,
weet dan dat 't maar een helder moment was
van een geestelijk gestoorde.

INHOUD